L'ANNIVERSAIRE

DES

TROIS JOURNÉES;

Hymne National,

Dédié au Roi;

PAR J. B. LECLÈRE FILS, D'AUBIGNY (Cher.)

A PARIS,

DE L'IMPRIMERIE DE CRAPELET;

RUE DE VAUGIRARD, N° 9.

JUILLET 1832.

L'ANNIVERSAIRE

DES

TROIS JOURNÉES.

L'ANNIVERSAIRE

DES TROIS JOURNÉES.

Hymne National.

Dii patrii indigetes!
VIRG.

Salut, de nos trois jours second anniversaire !
Salut à vous, Martyrs de la nouvelle foi !
France ! sur leurs tombeaux, ces autels de la loi,
Entonne un chant de gloire, un hymne funéraire !

O Mânes, gloire à vous! que vos noms respectés
    Rayonnent sur les murs du temple!
Paris, lève ton front; l'Europe te contemple.
Que Juillet radieux t'inonde de clartés!
Centre législateur, équilibre du monde,
A ton hymne éternel, ô reine des cités,
Que des cités en chœur l'immense voix réponde!

Silence!.... Tout est morne aux fêtes des trois jours;
Seul, le Poète parle, et sa voix est flétrie.
Quel désastre a pesé sur la mère-patrie?
Quoi! les aigles du Nord planent-ils sur ses tours?
Ses champs sont-ils pillés par des hordes d'esclaves?
Pleure-t-elle ses Fils, hécatombe de braves?
Et le sabre étranger entame-t-il son flanc?
Voit-elle de nouveau les Cosaques infàmes
Cracher sur ses couleurs et violer ses femmes,
Et ramener la honte avec le drapeau blanc?
Maudit-elle tout bas un trône qui l'opprime?
Sous un joug despotique abaissant son front haut,
En face des tyrans sa gloire est-elle un crime?
    A-t-elle peur de l'échafaud?

France ! aucun déshonneur n'a flétri ta couronne.
La Révolte a pâli devant la Liberté,
    Et l'étranger a respecté,
Dans nos murs, le courage, et le Roi sur le trône.

L'honneur n'a point fléchi...... mais deux fléaux impurs,
L'un déchirant encor tes entrailles glacées,
L'autre à tes pieds dressant ses têtes hérissées,
La Peste et l'Anarchie, ont envahi tes murs :
L'une moissonne et passe...... et la vie est féconde !
Chaque peuple a subi cette loi de la mort;
Au profit du cercueil elle exploite le monde;
Sans honte on peut tomber sous ce fléau du nord;
    Mais subir l'anarchie immonde !...

    Déjà, dans la grande cité,
Que le trône protége et qui garde le trône,
Contre les bataillons dont la paix s'environne
L'Anarchie a brisé son dard ensanglanté ;
Mais du foyer d'émeute, où son audace aboie,
Horrible, de la France elle veut s'emparer,
Et, dans ses longs replis, pour mieux la dévorer,
L'étreindre et la pétrir comme une vaste proie.
Fléau dévastateur d'un âge qui faillit,

Elle tue un État dont la gloire commence,
Détruit un peuple entier dont la gloire vieillit,
Comme la mer dévore un continent immense.

Ah! quand ils se ruaient aux gueules des canons
Ces martyrs de Juillet, cohorte plébéienne,
Est-ce pour l'Anarchie, insatiable hyène?
Les murs du Panthéon revomiraient leurs noms!.....
J'ose vous évoquer, immortelle hécatombe
    Que la mitraille mutila;
Venez me révéler le secret de la tombe;
    O morts! répondez. — Nous voilà!
— Que vouliez-vous?..... — La loi, sauvegarde éternelle!
— Bannissiez-vous la paix et toute royauté?
— Nous avons salué la royauté nouvelle;
Ce trône des trois jours, nous l'avons adopté.
— Des traîtres ont voulu convaincre de parjure
Et flétrir la couronne aux cinq jeunes fleurons;
    O Mânes que nous vénérons!
C'est par vous qu'ils armaient le peuple. — Atroce injure!
— Le peuple! c'est ainsi qu'ils proclament tout haut
Un vil ramas, hideux, de bagne et d'insolence!

Libre et juste, ont-ils dit, qu'il soit maître! il le faut!....

    — Sa liberté? c'est la licence;

    Sa justice? c'est l'échafaud.

Quel signe les rallie? — Incroyable délire!

Ils ont, des trois couleurs profanant un lambeau,

Traîné le drapeau rouge..... — O honte! tais-toi, Lyre;

    Et cachons-nous dans le tombeau!

— Non! je veux les traduire à votre aréopage;

Je veux vous dénoncer leurs complots avortés,

Et ce cynique instinct que leur presse propage;

    O Mânes vengeurs, écoutez!

Le trône de juillet eut pour berceau l'estime.

Vous l'avez, aux trois jours, sacré de votre sang.

O morts! béni par vous il est bien légitime;

C'est vous qui protégez son avenir naissant.

Non, vous n'aviez pas peur de ces masses guerrières

Dont les rois absolus hérissaient leurs frontières,

Quand sur le seuil français, qu'ils craignaient de franchir,

La main sur leur épée, et les yeux sur l'histoire,

Contre un génie ardent qui veut tout affranchir

    Ils défendaient leur territoire.

Mais vous avez frémi, quand autour du pavois
Vous entendiez bondir la Révolte féroce,
Se dresser ses deux fronts et hurler ses deux voix,
L'aveugle populace et le vieux sacerdoce.
« Aux armes sur l'Europe!..... avaient-ils dit souvent,
« La paix est une tache au drapeau tricolore. »
Mais, sauf les rangs sacrés que Juillet fit éclore,
Avions-nous des soldats, pour crier : « En avant! »
Quelle phalange alors cuirassait nos frontières,
Pour jeter des défis aux nations entières ?

      Nos remparts étaient démolis ;
Nos canons encloués par la Sainte Alliance ;
Le glaive de Brennus pesait dans la balance,
Et notre or au Cosaque avait payé les lis ;
Un vieux pouvoir, momie à genoux sous un maître,
Avait dilapidé nos trésors complaisans,
Dépouillant le soldat pour enrichir le prêtre.
Un jour répare-t-il la honte de quinze ans ?

Imprudens! qui vouliez rallumer l'étincelle
Pour embraser l'Europe une seconde fois,
Auriez-vous repoussé la Ligue universelle
Des peuplades du Nord esclaves de leurs rois ?
Ah ! comme le vautour au cœur de Prométhée,

Sur la Patrie ensanglantée,
Vous les eussiez vus fondre en essaim dévorant ;
Pour refouler encor l'Europe épouvantée
La France n'avait plus Napoléon-le-Grand !

Cessez de nous troubler par vos clameurs d'alarmes.
Qui ? vous ! intimider l'Europe ?..... Où sont vos armes ?
Enfans, qui voudriez singer
Les hommes de l'Empire et de quatre-vingt-douze,
Vos armes ? c'est l'insulte et la haine jalouse.
Et pour vous l'ennemi ? Ce n'est pas l'étranger !
Mais ces tribuns, armés d'une parole forte,
Qui luttèrent quinze ans contre une royauté
Dont la vieille racine au cœur du peuple est morte :
Ce Perrier, si puissant, dans la mort insulté ;
Ces athlètes des lois, ces civismes tenaces,
Dont l'inflexible volonté
Plane, égide du trône, au-dessus des menaces ;

C'est ce reflet de l'Empereur,
Ce héros de Toulouse, âme de nos armées,
Vieux géant, insulté par de jeunes pygmées,
Qui, rampant à ses pieds, grimacent la terreur ;

Enfin ces intègres courages,
Ces fronts hauts que l'orgie a baptisés d'outrages!...
Que dis-je! Frémissez, Mânes de nos héros;
Tout ce que la fureur peut enfanter de lâche,
Tout ce qui peut promettre une tête aux bourreaux,
La haine en a souillé la couronne sans tache!
Ils versent sur le Roi tout le fiel du mépris;
Ils osent l'accuser d'humilier la France,
De mendier aux Rois une paix à tout prix,
Quand du sort des États sa main tient la balance!
Ombres! vous murmurez.... Oserai-je achever?
La Pologne! Ils ont dit : « De ce sang rends-nous compte.
« Complice de ce meurtre, il te couvre de honte.
« C'est un assassinat! Qui pourra t'en laver?... »
Philippe, mieux que vous, aimait ce peuple brave;
A défaut de l'épée, une parole grave
Lutta pour la Pologne et n'a pu la sauver!
Ah! comme les trois cents, ce rempart de la Grèce,
Avant-garde sacrée, elle savait mourir,
Sans accuser l'honneur de la France en détresse,
Qui, témoin de sa mort, ne put la secourir!
Mais, sous l'orgueil du Czar quand la Pologne tombe,
La France dans son sein recueille ses débris,
Comme une sœur en deuil, de sa sœur dans la tombe

Adopte les enfans chéris;
Et ce Roi des Français qu'ils frappent d'anathême,
En face de l'histoire, il peut lever le front.
Oui! Philippe en appelle à ce juge suprême :
L'histoire est éternelle, et leurs feuilles mourront.

Que voulaient leurs clameurs?... Les guerres intestines,
Appelant tout le Nord sur la France en ruines,
    Pour en partager les lambeaux.
J'en atteste Lyon, Grenoble et la Vendée,
Et la grande Cité de son sang inondée,
De ce sang qui coula jusque sur vos tombeaux ;
Quand l'Émeute, avorton à face de Gorgone,
Né des partis rivaux unis contre le trône,
Se couronnait de lis et de bonnets phrygiens,
Que, lasse de baver les insultes atroces,
    Elle ouvrait ses gueules féroces
Pour en vomir la mort sur nos rangs citoyens.

Deux jours gronda le bronze... et vos rangs funéraires,
O Mânes! ont fait place à des héros meurtris...
— Quels sont-ils? — Des Français égorgés par leurs frères!
— Quels sont les assassins ? — Ceux que l'or a surpris,
    Et, parmi la tourbe cupide,

Hélas ! une jeunesse, hécatombe intrépide,
Faible aux séductions, forte sous le canon,
Qui croyait, sur la foi d'une presse hypocrite,
Venger, comme aux trois jours, la liberté proscrite,
 Et dans la mort tomba sans nom !

Je sens faillir mon cœur... Ma parole succombe...
 Des pleurs s'échappent de mes yeux...
— Silence ! Écoute-nous. — Parlez, morts glorieux !
Car les mortels ont foi dans la voix de la tombe.

     ➥➤

 « Paix aux vaincus ! Gloire aux vainqueurs !
« Mêlez-vous dans nos rangs, légions massacrées ;
« Que vos noms soient gravés sur nos tables sacrées,
 « Et qu'ils vivent dans tous les cœurs !...
« Haine aux séditions ! Amour à la patrie !
« Gloire à la royauté sous trois soleils mûrie !
« Arrière, factieux qui voulez la bannir !
« Tombez, de l'anarchie organes éphémères,
« Qui masquez vos complots de notre souvenir.
« Non, vous n'oserez plus, évoquant des chimères,
« Du trône, en notre nom, corrompre l'avenir.

« Notre sang l'a scellé... Nous dormons à son ombre,

« Et nos mânes vengeurs en seront les remparts ;

« A défaut des soldats tombés sous vos poignards,

« Vous nous verriez surgir en légions sans nombre,

« Terribles, désarmer votre lâche fureur,

« Abriter la Couronne et la Charte française,

« De son infâme autel renverser la Terreur,

    « Et repousser quatre-vingt-treize.

« Honte aux accusateurs du trône-citoyen !

« Respect inviolable au Roi dont le génie

    « Veut résoudre le nœud gordien,

« Non pas avec le sabre, arme de tyrannie,

« Mais avec la raison, arme de liberté,

« Qui doit seule aujourd'hui, conquérante féconde,

« Enchaîner à la paix tous les peuples du monde,

« Et fonder leur grandeur et leur prospérité !

« Que des peuples amis l'éternel équilibre

« Pose sur la raison, cette suprême loi ;

« Que la France soit grande et l'Europe soit libre !

    « Juillet ! Charte ! Vive le Roi !... »

Vive le Roi! répond la Patrie unanime.

Vive le Roi!... Salut, cohorte magnanime!

O Mânes, gloire à vous! Que vos noms respectés

    Rayonnent sur les murs du temple.

Paris, lève ton front! l'Europe te contemple.

Que Juillet radieux t'inonde de clartés.

Centre législateur, équilibre du monde,

A ton hymne éternel, ô Reine des cités,

Que des cités en chœur l'immense voix réponde!

www.ingramcontent.com/pod-product-compliance
Lightning Source LLC
Chambersburg PA
CBHW061526170626
46811CB00004B/1863

* 9 7 8 2 0 1 4 5 0 9 0 3 8 *